Je

1094

ODE

A MONSEIGNEVR

LE PRINCE DE CONDE,

PREMIER PRINCE DV SANG,

& premier Pair de France.

M. DC. XXI.

A MONSEIGNEVR LE PRINCE DE CONDE',

PREMIER PRINCE DV SANG,
& premier Pair de France.

MONSEIGNEVR,

Le deuoir & l'affection m'ont faict tracer ces lignes a voſtre loüange: ſi les vers ſont nus & ſimples, ie pren mon excuſe ſur ce que ï'ay veu peindre ainſi les graces & la verité : Ie ſçay que les grands & ſçauants Princes, comme vous dédaignent les termes hiperboliques , car ils ſe cognoiſſent hommes par la ſueur &

la peine : auſſi ne diſ-je rien par
mes vers que vous ne faciez mieux cognoiſtre par vos actions:
Ces hauts & graves conſeils di-
gnes d'vn ſi noble Prince, pour les
donner, & d'vn Roy ſi iuſte pour
les executer, deuoient ſeruir d'aſ-
ſez amples ſuiets pour éleuer
mon ſtile : mais i'ay mieux aymé
faire croire à la poſterité, que i'a-
voy beaucoup moins de ſoin
d'enrichir mon ouvrage, que ie
nay de zelle pour vous témoi-
gner à l'exemple des miens, que
ie ſuis

MONSEIGNEVR,

Voſtre tres-humble & tres-obeyſſant
ſeruiteur, C A L L I E R.

A MONSEIGNEVR
LE PRINCE.

ODE

N fin i'ay franchi la barriere,
Pour laisser loin bien loin derriere,
Ceux qui tendoient à mesme but,
Quand ils viendront dessur Parnasse,
Ils n'auront rien que le rebut
Des belles fleurs que i'y ramasse.
Grand Prince ie veux de ces fleurs,
Riches de diuerses couleurs,
Te composer vne guirlande,
Que le temps ne pourra secher,
Afin que tout le monde entende,
Iusqu'où ta gloire à peu toucher.

Ie ne veux point que le menſonge
Ombre d'vn fantaſtique ſonge,
Soit icy ſujet de mes vers,
Ni que tant de vertus etranges,
Dont les tiens ont peint l'Vniuers,
Seruent d'émail à tes loüanges.
Aidé de ta propre vertu,
Dont ton courage a combatu,
Parmi les excez du deſordre,
Tu peux t'éleuer des autels,
Ou les ſiecles ne ſçauroient mordre,
Non plus qu'à ceux des immortels.

Si le ciel auant ta naiſſance,
Eut jamais d'heureuſe influance,
Qu'il reſeruaſt pour les humains,
Se fut ce iour que l'ayant preſte,
L'a donnant à grands pleines mains,
Il la verſa deſſus ta teſte.
Tout ce que Charles eut d'exquis,
Ha! Charles qui nous eût acquis,
Tout ce que l'etranger poſſede,
Si ce miſerable diſcord,
D'où notre mal encor procede,
N'euſt trop toſt auancé ſa mort.

Toute la prudence de Pierre:
De François la vaillance guerre,
Dont ton pere fut heritier:
Bref le principal aduantage,
De chacun d'eux en leur metier,
Tomba sur toy seul en partage.
Si bien que ceux qui t'ont cognu,
En conseil si vieil & chenu,
(Ton âge est pourtant manifeste,
Etant bien loin de son milieu)
Disent entreux qu'il ne te reste,
Que de te faire vn nouueau Dieu.

Quelle tant merueilleuse adresse,
Auoient ces Heros que la Grece,
A monté si haut dans les cieux,
Quelle vertu particuliere
Auoient-ils pour ce faire dieux,
Qui ne te soit plus familiere?
Hercule d'entreux le plus fort,
A grand peine par son effort,
Curant les etables d'Augée,
Obtint le salaire promis:
Ou toy en bataille rangee
Tu vaincrois cent mille ennemis.

Combien as-tu vû de Centaures,
De Monstres & de Minotaures,
Combatant contre ta vertu;
N'as-tu pas vû dans sa cauerne,
Ce chien horriblement testu,
Qui garde le creux de Laverne:
Vn Prince ne sçauroit tousiours
Passer le serain de ses iours,
Sans estre troublé d'vn nuage:
Car icy bas l'aduersité
A bien plus de part en nostre âge,
Que n'a pas la fœlicité.

Mais quel loyer doy-ie pretendre,
De ta grandeur pensant te rendre,
Egal à ces simples guerriers,
Dont la gloire seroit petite,
Ou perduë auec leurs loriers,
Si d'autre qu'eux ne l'auoient dite,
Leur esprit aux corps attaché,
N'etoit comme le tien touché,
De l'ardeur qu'inspirent les Muses,
Les bons liures & les écrits,
Ou souuent gaillard tu t'amuses,
Sentoient leurs iniustes m'epris.

Vn

Vn rude & pesant coup d'épee,
Au sang d'vn ennemi trampée,
Ne sert au peuples que d'effroy,
Mais le sçauoir & le bien dire,
Sont propres qualitez de Roy,
Pour rendre immortel vn empire,
Pren toy mesme le lut en main,
Et passant ce vaillant Romain,
Qui se rendit si redoutable,
Chante grand Prince tes beaux faits:
Il n'appartient qu'à ton semblable,
De supporter vn si grand fais.

Qui penseroit sans arrogance,
Contre imiter ton eloquence,
Ou tu n'eus iamais de pareil,
Tu pousses tes raisons si fermes,
Qu'on ne voit personne au Conseil,
Qui puisse dire en si bons termes;
Ha! que le Roy fit sagement,
De fonder sur ton iugement,
Vne victoire si parfaitte,
Les grands Princes supots des Lois,
Par vne sciance secrette,
Sçauent seuls conseiller les Rois.

B

Le conſeil naiſt de la ſciance,
Le ſçauoir de l'experiance,
Pour ces deux, Neſtor fut priſé:
Mais cet Heros dont on fait feſte,
Deuant qu'eſtre bien aduiſé,
Contoit trois âges ſur ſa teſte.
Le plus ſouuent de ſes deuins,
Que les peuples croyent diuins,
Il tiroit toute ſa ſageſſe:
Mais ton eſprit pront & gaillard,
Tout ſeul au fort de ſa jeuneſſe,
Surpaſſe en conſeil ce vieillard.

Comme vn torrent à la deſcente,
Renuerſe ce qu'on luy preſente,
L'arrache & l'entreine apres ſoy,
Ton parler plus fort qu'vn tonnerre,
En fait penſer autant de toy,
Qand tu diſcours d'vn fait de guerre.
Les Capitaines enuieillis,
Au pourchas des loriers cueillis,
Auec la pointe de leur lance,
A ta voix remflament leurs cœurs,
Et premier que l'armee auance,
Ils s'aſſeurent d'eſtre vainqueurs.

Chacun d'eux souhaitte en son ame,
Loin de France, voir ceste flame,
Qui s'esprand au cœur des plus grands,
Qu'à son tour ton esprit trauaille,
Afin que pour toy sur les rangs
Il meure vainqueur en bataille:
Les François aux siecles passez,
D'vn desir de gloire poussez,
Marquerent bien loin leur victoire:
Puisse-tu Prince desormais,
En renouueller la memoire,
Par la suitte de tes hauts faits.

Diray-je point de quelle grace,
Tu sçay si bien vaincre l'audace
D'vne nouuelle opinion,
Si tost qu'vn foible esprit s'abuse,
Aux points de la Religion,
Tu sçais son defaut ou sa ruse,
Tu découures les beaux secrets,
Des bons liures Latins & Grecs,
Rien ne se cache à ta sciance,
Et les plus Doctes tous rauis,
Te tiennent des Princes de France,
Le plus sçavant depuis Clovis.

Ha Prince! si tu prens la peine,
D'oüir chanter notre néuaine,
Qui vint en France auec Baïf,
A qui Rapin donna la grace,
Et l'acoutrement si naïf,
Qu'on ne voit rien qui la surpasse,
Un dous espoir flate mes sens,
Chatouillé de leurs dous accens
Ou la Poesie se decouure,
Enclose & libre sous la loy,
Que tu la conduiras au Louure,
Pour chanter au Ballet du Roy.

Leur race aussi bien que la tienne,
Venant du ciel est ancienne,
Le tige n'en est pas perdu,
Iupiter les tient pour ses filles,
Et la Grece leur a rendu,
L'honneur qu'on doit aux grands familles,
Rome en apres dont la grandeur,
A compris toute la rondeur,
Des deux Mers qui lechent la terre,
De mesme qu'aux Dieux immortels,
Comme elle eut mis fin à la guerre,
Leur dressa de riches autels.

La

La France, dont chacun s'étonne,
Toute seule les habandonne,
Et n'en peut dire la raison:
Elle permet que des seruantes,
Logent plutost dans la maison,
Que de belles filles sçavantes,
Leurs chants, qu'on dit estre contraints,
Sous ombre qu'on les à retraints,
Aux lois de l'ancienne mode,
Qui les rendoit toujours vainqueurs,
Sont propres pour chanter vne Ode,
Qui perse & raviße les cœurs.

O si ta grandeur me commande,
De mener chez toy cette bande,
Qui n'a rien de serf ny de bas,
Dés l'abort tu n'auras plus crainte,
Que la gloire de tes combats,
Puiße estre par le tems éteinte,
Mais ie suis preßé de venir,
Aux souhaits ou ie veux finir,
De peur d'encourir la disgrace,
D'abuser de ton bel esprit,
Ou que ma chanson n'outrepaße,
Les bornes d'vn sujet prescrit.

C

Doncques braue & genereux Prince,
Premier sang de nostre Province,
Et par merite & par la loy :
Double qualité qui te marque :
Loin bien loin des états du Roy,
Puisse-tu te faire Monarque,
Mes souhaits seront accomplis,
Quand ie verray les fleurs de Lis
Renaitre aux quatres coins du monde :
Loüis d'Europe ait les remparts,
Son frere l'Asie feconde.
Mais choisis des deux autres pars.